寄韵无锡古运河

吴九盛 著

中国言实出版社

图书在版编目（CIP）数据

寄韵无锡古运河 / 吴九盛著 . -- 北京 : 中国言实出版社,2021.12
ISBN 978-7-5171-3855-6

Ⅰ . ①寄… Ⅱ . ①吴… Ⅲ . ①诗词 – 作品集 – 中国 – 当代 Ⅳ. ①I227

中国版本图书馆 CIP 数据核字 (2021) 第 186839 号

寄韵无锡古运河

总 监 制：朱艳华
责任编辑：崔文婷
责任校对：王建玲

出版发行：中国言实出版社
地　址：北京市朝阳区北苑路 180 号加利大厦 5 号楼 105 室
邮　编：100101
编辑部：北京市海淀区花园路 6 号院 B 座 6 层
邮　编：100088
电　话：64924853（总编室）　64924716（发行部）
网　址：www.zgyscbs.cn　E-mial:zgyscbs@263.net

经　销：新华书店
印　刷：湖北金港彩印有限公司
版　次：2022 年 1 月第 1 版　2022 年 1 月第 1 次印刷
规　格：880 毫米 ×1230 毫米　1/32　10 印张
字　数：79 千字

定　价：176.00 元
书　号：ISBN 978-7-5171-3855-6

作者简介

吴九盛，男，1957 年 8 月生于江苏省无锡市，中学毕业后，先后在农场、工厂、机关工作。曾有诗文在报刊发表，出版诗集《四句七言百首诗》《仄声平韵咏无锡》。

内容简介

本书是以传统诗词形式描述无锡古运河情景的文学作品。作者着眼中国大运河中无锡古运河这精彩一段，内容脉络和顺序由大运河入无锡北端的五牧河到流水出无锡城南的望虞河，以两岸重点景观为主，并为沿河人文发展留痕，写傍水街楼，录桥亭人事，托诗律词令演绎无锡古运河的前世今生，以平仄修辞褒扬古运河的利物美德，凭简约文句记述古运河两岸的文物胜迹，借对偶声韵表现水乡人家的枕河风情。

序言

中国大运河，是中华民族在地球上创造的旷世奇迹，自古延今，联通南北。

大运河是无锡的母亲河。中国大运河中足以令人骄傲的无锡古运河段，自泰伯率众启动人工开挖运河第一撬，又由吴王夫差接续掘贯南北邗沟，后经历代凿疏修浚，滔滔波涌对无锡乡土有着格外的情分。从五牧向望亭去的这段河流，既有直流穿城乡而过，又有弯河抱城郭而绕，活水流长 80 里，引支流勾连港、汊、浜、渎，映山泽土，造就了无锡江南水乡之美。不息的古运河水为描绘无锡历史画卷倾情注力，展示一代又一代尘世烟火、人间忧乐、事物更替。春秋故事傍河而起，漕粮米市顺河而立，钱货码头望河而设，工商百业仗河而兴，花圃草树沿河显美，吴地文脉依河赓续，未来发展伴河长远。古运河执着地体现了利物的美德、通达的气度、温婉的柔情、穿流的韧劲！

生长于无锡的我，出门常见水，走道多逢桥。许多次的循岸赏景，波涛拍岸激荡我心弦，让我领会碧水两岸的可爱，感动着我写下《寄韵无锡古运河》这些诗词。

吴九盛

2021 年 5 月 25 日

目录

七律二首·无锡古运河

其一

自古凿流经惠麓，
京杭望远水通途。
关轴遏涌歇船客，
驿道沿堤走尺牍。
润岸八方多彩地，
长街十里上河图。
清名桥外伯渎港，
尚忆当年始有吴。

其二

映天流淌唱欢歌，
浪打梁溪碧水合。
夜纳星光浮皓月，
昼铺云彩耀粼波。
呈情沃地生花树，
顺势穿城荡舸舶。
我羡大鹏能展翅，
腾空一览阅长河。

注：关轴，关指黄埠墩，古人认为该墩有纳流聚气之势，封为“天关”；轴指西水墩，尊其有定波调水之能，称之为“地轴”。驿道，五牧曾是古代重要驿站，南长街历史上曾有北宋始设的驿道。

大运河世界遗产标志

七律·五牧

吴王下令浚邗沟，
蓄志征伐起事由。
且叹昔年功未满，
犹存后世水长流。
逐观桥埦新楼舍，
渐忘河滩老渡舟。
惹客今来寻剩迹，
欲凭旧地话春秋。

注：无锡惠山区玉祁街道的五牧是京杭大运河无锡段起点，与同样大运河穿境而过的常州横林段相接。唐朝曾于此建五牧桥，宋、元时发生过“五牧之战”，明、清时曾有渡口、驿站。

七律·五牧古战场

当年五牧历风云，
刀戟争强对垒军。
苦战惊天河浸血，
残旗落地骨成墩。
为传忠义村修庙，
常念英名众续魂。
延紫亭身虽圮久，
曾经石柱刻联文。

注：古运河从西北方向流入五牧，就开始进入无锡。史载于1275年，元朝和南宋的军队在五牧有一场鏖战，给这个地方留下了铁血印记。无锡惠山区玉祁街道有五牧村。

五牧运河大桥

鹊桥仙·邗沟

至德撬土，新王拓界，史写勾吴续脉。今来访客向邗沟，望古水深情宛在。

行舟踏浪，州疆贯畅，渐忘兵戎胜败。欣天下碧影长河，利两岸千秋万代。

注：春秋时代，吴王夫差为北伐齐国开挖邗沟，留下至今历时2500多年的古运河无锡段遗迹，河道经以后各朝代疏通扩展，成为京杭大运河一部分。

七律·周忱

公直担政事巡督，
愿恤民情走仕途。
百虑劳心除汛渍，
单骑绕岸审河湖。
堤圩巧设挖和垒，
浪涌平息堵或疏。
稻麦新田熟遍日，
乡民念作水神呼。

注：周忱，江西吉水人，明永乐二年进士，曾巡抚江南，江南一些地区至今留有他治水造福一方的遗迹，被当地民众敬为“水神”，在京杭大运河横贯全境的玉祁街道建有周忱祠。

七律·青城导社旧址

玉祁志士聚青城，
闪闪星光报启明。
实践追求同奋斗，
坚持誓愿敢牺牲。
期开众智行通导，
要破迷蒙使力争。
入党先贤曾在此，
无锡最早是文溶。

注：1923 年 2 月 24 日成立的青城导社，是无锡历史上第一个由中国共产党组织的进步团体，创办《青城》社刊，进行反帝反封建宣传，启发民众。第一位无锡籍共产党员糜文溶（玉祁人）是主要的组织发起者。青城导社旧址在玉祁街道文昌公园内。

青城导社旧址

七绝二首·洛社

其一

南朝古寺尚存名，
冠作村桥众客行。
若到鹅亭涤砚处，
街头可访右军踪。

其二

绿田何止稻花香，
沃野河边大路长。
喜看六龙挥彩笔，
能书百业美篇章。

注：江南历史文化名镇洛社镇位于无锡西侧，别名六龙，京杭运河穿境而过。南朝曾有志公寺，今延其名有志公桥，另存与东晋大书法家王羲之相关的“池边涤砚”“亭上观鹅”等旧迹。

鹧鸪天·镇中公园

划地雕琢锦绣容，繁华深处有芳踪。街头入耳车笛响，墙里还闻雀鸟鸣。

园小巧，亦多情，欢颜老少乐其灵。藤遮架下黄石凳，客坐池边紫柱亭。

注：在洛社繁华热闹的街道中间，有一个颇有灵气的镇中公园。

七律·洛社新建古诗墙

扮美街头见巧思，
锡西洛社露娇姿。
新修壁上添文采，
乐引人来念古诗。
传唱运河千载曲，
专吟本土百余支。
精神物质协同建，
跨步前行未肯迟。

注：2020 年 10 月，洛社镇文体路上建成“古诗墙”，百首与洛社相关的古诗被精心刻制在沿街墙壁上，成为运河古镇文化的一道亮丽景观。

洛社古诗墙

七绝三首·双庙村

其一

一村立祀双忠庙，
铲镐刀矛各显功。
治水福民泽四野，
赤诚忠勇后人崇。

其二

未忘春申堪敬业，
整修沼地贯通河。
事成福祉存情义，
至此坊间总记得。

其三

大战河边元宋事，
村头设祭庙墙黄。
夺疆守域争锋史，
应叹留痕此地方。

注：双庙村位于惠山区洛社镇的西面，北临京杭大运河。因宋代文天祥两部将麻士龙、尹玉在“五牧之战”中与元军相抗，忠勇捐躯，当地人建“二忠寺”。后清代又建有“忠安庙”，纪念战国时春申君黄歇治水功德，于是一村有“双忠庙”，双庙村名因之而得。

七绝·黄歇

战国楚相名公子，
四野疏流利水乡。
人间重义恒传久，
涧港山江令姓黄。

注：黄歇，战国时政治家，战国四公子之一，楚国令尹，封为春申君，曾在江南封地多处治理水患，无锡黄公涧、黄埠墩，江阴黄田港、黄山，上海黄浦江等名称留下了他的历史痕迹。

七律·石塘湾

筑起湾堤凭守土，
涌波稍止浪逐宁。
石塘就势呈新义，
孟里悄然作旧名。
近岸搁桥相望伴，
驰船转舵揖别情。
一方兴盛工农业，
亦仗沿河碧水灵。

注：石塘湾原是一个镇，现为惠山区洛社镇所辖村落，原名孟里，因地处大运河一段转弯处，其中一段河岸筑有护岸石堤，遂称为石塘湾。

七绝·葑溪园

亭台映水各千秋，
倒柳轻拂唤客留。
岂止石塘夸富有，
葑溪小景亦清幽。

注：葑溪园是洛社镇石塘湾村的一个小公园。

七律·皋桥

宋代便来河上架，
皋桥声望响当初。
延长道北通京阙，
望远栏南向太湖。
拱顶阶石城界地，
流波洞涌水中枢。
形移未散乡愁韵，
不枉其名入史书。

注：皋桥，始建于北宋，传因东汉吴地富户皋伯通与名士梁鸿交往故事而得名，又名高桥，坐落于京杭大运河无锡段与五泄河交汇口，原有石拱桥曾是清代无锡县和金匮县的界桥，有“无锡门户”之誉，桥下河流通长江、太湖，后新建的钢架水泥高桥已不在原桥的位置。

七律·双河尖

桑田变换几重天，
莫溯遗痕觅旧庵。
坐北观城隔五里，
临波卧渚划双川。
新桥已替逍遥渡，
后浪无缘铁岭关。
四岸容颜相映碧，
行舟过往水云间。

注：双河尖位于无锡城北古运河西分道口，元、明时期，因属于争战水道，此处曾立桩柱设关，取名铁岭关。此地离无锡城北控江门约 5 华里，故筑有“五里亭”，以前尖上还有汇通庵及渡口，后分别被拆除、撤销。

五律·过双河大桥

望土形尖渚，
千年近水波。
城厢形入眼，
桥柱影横河。
旧迹逐时少，
高楼矗岸多。
浪中船过往，
笛启响如歌。

注：双河尖旁的双河大桥，于 2020 年 10 月建成。

双河大桥

七绝·双河村

跃腾朝日映清波，
渐落夕阳惠麓遮。
恰会人家亲水意，
一村乐枕两条河。

注：梁溪区山北街道有双河村，在双河尖不远处。

七绝·五河新村

是有飞龙曾到此，
歇留爪印五河痕。
楼依汉港家沿岸，
润意氤氲百姓村。

注：五河新村在梁溪区黄巷街道，旁边有古运河及三条分叉支流与运河汇聚相接。

七绝·山北大桥

钢臂携梁卧会龙，
串连大道贯西东。
呈身山北添波影，
情系七河架岸通。

注：山北大桥桥下有双河，原名会龙桥，位于山北街道沪宁公路上，桥东堍是五河新村，桥西为双河村。

山北大桥

七律·吴桥

如虹跨水墩旁架，
犹记徽商在那年。
既蕴情由行善愿，
便凭义气助银钱。
桥头利走沿河客，
浪里稍歇渡口船。
旧事如今离渐远，
还闻众口叙坊间。

注：经改建后的吴桥位于梁溪区古运河段黄埠墩不远处，原桥由安徽籍企业家吴子敬出资始建，于1917年建成，为纪念吴子敬义举，起名为吴桥。

吴桥

七律·黄埠墩

流来深浅又何妨，
小岛无嫌日月长。
骤雨生波潮阵阵，
冷风呵气雾茫茫。
闲观大厦开新市，
尚念芙蓉梦故乡。
为替春申说往事，
痴痴立在水中央。

注：黄埠墩在吴桥南、惠山浜口的古运河中，因战国时期春申君黄歇曾在此疏治芙蓉湖而得名，又以文天祥、海瑞以及康熙、乾隆二帝等留有遗迹而闻名。

黄埠墩

七律·蓉湖庄

奇石巧置垒十峰，
立岸楼台秀碧空。
别业存心传几代，
庄门含景设三重。
院廊花气飞墙外，
烟雨涛声绕馆中。
逝水经年湖亦改，
今凭地址念芙蓉。

注：无锡古运河黄埠墩段西岸原有的蓉湖庄，为明代无锡人顾可立所建别业，是芙蓉湖旁亭台楼阁和花草奇石精巧组合的名胜之地，随时代变迁，经填湖改河道等，原貌已演变不存，现该地为居民新村。

七律·蓉湖竞渡

曾有蓉湖端午日，
龙舟嬉水闹喧天。
鼓声震动惊云汉，
桡手嗥呼舞锦幡。
社众比肩拥陆岸，
浪花叠涌溅金山。
于今城北交通口，
笛响繁忙过往船。

注：据明代无锡人王永积所撰《锡山景物略》记载，黄埠墩周围一带为古芙蓉湖水面，那时该处常在端午节举行龙舟赛水上活动，称为“蓉湖竞渡”。

减字木兰花·接官亭

千年过半，柱弃栏失神未散。
却已难猜，曾有官人几个来。
风拂剩迹，绿水依然沿岸去。
三里桥喧，道是新潮替旧颜。

注：接官亭原址位于无锡古运河新三里桥附近，是当时用于在运河边迎接来往官员的固定地点，始建于明弘治年间，后在道桥改建中拆除。

七绝·三里桥

控江门北行三里，
船聚沿河客满楼。
旧日桥头集米市，
情形今在典中留。

注：清光绪年间，无锡城北门（旧称控江门）外塘河三里桥附近，是南方的漕粮转移购运地，客商云集，为中国著名的四大米市之一。

七律·运河无锡图纪

顺岸石雕光映碧，
巧凿山水刻名人。
图传大位行三让，
画述围城立四门。
豪迈前贤遗胜迹，
激情后辈唱佳音。
连篇史事成长卷，
自古无锡论到今。

注：运河公园中建有滨河长廊，廊中陈列通景式汉白玉浮雕长卷《运河无锡图纪》，内容分成68个历史片段，上下3000年，自“泰伯奔吴”至2008年无锡市整治古运河，反映了运河与无锡城的紧密关系。

《运河无锡图纪》

五律·漕运码头

近水观遗迹，
昔时转运输。
丰年迎稻米，
翘首望舳舻。
远舸乘风到，
欢声向岸呼。
往来帆影动，
踏浪北南途。

注：因元代起始的漕运，成为无锡米市形成的发端，大量的粮食靠装船水运，现无锡运河公园有漕运码头遗迹。

七律·中国民族音乐博物馆

大观乐器氛围浓，
展品琳琅看不赢。
弦管安身方止响，
鼓钹卧架似将鸣。
丝竹可表民族意，
曲调宜合水土情。
雅韵源源呈世界，
中华欢唱永流行。

注：中国民族音乐博物馆位于运河公园内青莲桥东南堍，于2009年在一座旧建筑基础上整修而成，馆址前身是作为古运河边“工业遗产”的粮食仓库用房。

七律·何振梁与奥林匹克陈列馆

近水流声萦展馆，
似说思念振梁君。
五环世界深情事，
一片中国奥运心。
报效功成生感奋，
奔波事妥耐艰辛。
常来访客留言赞，
大义胸怀体育人。

注：何振梁与奥林匹克陈列馆在运河公园里，于2008年5月由原来一个沿河仓库改建而成，展品主要由何振梁先生捐赠，是全国第一家地方创办的奥林匹克纪念场所。何振梁是我国体育外交家，无锡是他的出生地。

何振梁与奥林匹克陈列馆

七律·周怀民藏画馆

精彩悬墙夺众目，
怀民奉献见情操。
持身守俭甘清净，
执艺崇公故自豪。
墨影神描芦苇荡，
笔痕信染紫葡萄。
凝神细看生辉处，
不止先生画品高。

注：周怀民是无锡人，当代著名国画家、书画鉴藏家。运河公园中有 2016 年 10 月开馆的周怀民藏画馆，是一幢民国建筑，其前身是创建于 1910 年的九丰面粉厂老厂房。

画堂春·运河公园岸边看水

粼粼浪阔岸堤长，雨歇绿树生芳。闻声白羽几鸥翔，嬉伴帆航。

感念清河好处，润泽富庶家乡。映晖天镜近山岗，不尽风光。

注：运河公园北面河岸与黄埠墩隔水相望，面对宽阔的古运河水面，西面与惠山相近。

七绝·春申亭

身名远蕴千年事，
立望情难近古墟。
水绕墩石逐浪起，
流波快意入新渠。

注：春申亭因春申君黄歇而得名，在运河公园西北端沿河，隔水北望黄埠墩，所临水面正是新老运河会合处。

春申亭

七律·新运河

锡山映碧波欢畅，
疑是芙蓉即此湖。
浪涌豁然开阔岸，
情缘依旧续伯渎。
先人起势垂功在，
后辈沿革变景殊。
流水江南新画意，
古今一幅运河图。

注：无锡市区的新运河，1976 年起开挖，到 1983 年底全线通航，黄埠墩至梁溪河长 4 公里多的河道，成为大运河无锡市区段的主航道。

新运河在锡山旁流过

七律·江尖水利枢纽

砖石铁架立宽基，
城北拦河矗大堤。
浪涌波高能限制，
洪涛雨密莫相欺。
临风断水惜歇舸，
跨岸割流叹阻鱼。
最盼来人多智慧，
欣然解此两难题。

注：2006年11月竣工投入使用的江尖水利枢纽，位于江尖大桥和黄埠墩之间的古运河上，是用于防洪、排涝、调水的综合性水利枢纽工程。

江尖水利枢纽

七绝·发大水

湿雾遮天天亦暗，
入梅下雨雨难休。
河波漫上石驳岸，
低地人家望水愁。

注：无锡地区一年一度的梅雨季节，持续连天下雨，河水迅涨，早时河边低洼处人家会因此遭灾。

七律·江尖渚

江尖渚上团团转，
灯塔石桥水面船。
以往搭棚拥陋室，
今朝植绿作公园。
常来再访生情意，
乍到初游赏娇颜。
柳岸风中都是景，
沿河散步绕圈圈。

注：位于无锡北门外古运河中段的江尖渚，因清代渚上堆了不少缸甏，民间有“缸尖渚”之称，“江尖渚上团团转”的谚语，既表明渚内地理状况，也有关于“江尖渚上孝子一时寻找走失的母亲不着，急得团团转”的动人传说。

江尖渚

七绝·江尖渚上点塔灯

江尖渚上吴王祭，
水岸叠缸亮塔灯。
曾历时年经数百，
民俗重义表心诚。

注：民国及以前一段时期，每到农历七月三十日晚，江尖渚的窑铺店主都用缸叠塔点灯，此民俗相传源于吴地百姓为纪念元末义军首领张士诚。

菩萨蛮·纸业公会旧址

灰墙砖木江尖渚，锡城纸业集门户。浜水映窗檐，已然经百年。

图书装卷本，会客说刊印。那日此楼中，亦结文化情。

注：纸业公会旧址在江尖公园东侧横浜旁，是建于1922年的中西合璧风格建筑，灰砖外墙，三间三进两层楼。为无锡市文物保护单位。

七绝·龙船浜

应时端午竞舟欢，
赶浪追波动彩幡。
赛罢偃旗搁划桨，
河浜水底卧龙船。

注：以前，每年龙船赛后将船底凿穿，沉放在河湾中，以防风吹日晒受损，待下次比赛再捞起修整，沉放龙船的河湾称为“龙船浜”。早年无锡“龙船浜”曾有十多条，现今如江尖公园永宁桥西塊地名即为龙船浜。

七律·控江门

曾经多少时光里，
身映长河远水来。
顺路衔桥行轿马，
依墙傍道起楼台。
兴商货茂着人众，
胜利灯欢入夜白。
今忆莲蓉门外事，
敞怀向北望江开。

注：控江门是原无锡城旧时的北门，无锡的北面是长江，控江门由此得名。其渊源可至宋代修无锡城墙时，因与唐代所造莲蓉桥相近，曾名莲蓉门。明嘉靖年间重修无锡城，改名为控江门。1945年抗战胜利后，北门改称胜利门。20世纪50年代城墙和城门一起被拆除。

七律·莲蓉烟雨图

横墙嵌刻青石画，
长卷图呈旧日风。
令悟千年行走势，
直观两岸溯来龙。
枕河立户安居处，
遏浪扬帆创业功。
盛景兴发缘碧水，
欢流不止哺锡城。

注：古运河边的竹场巷文化墙上，有镶嵌石刻长卷《莲蓉烟雨图》，反映20世纪30年代初无锡北门外莲蓉桥周边的社会生活场景。

《莲蓉烟雨图》

临江仙·牡丹亭

常看水中帆影动，临波即少俗尘。闲心宜享浪涛音。东风来送暖，相顾伴河人。

是处映天青草树，岸边润意呵身。无需候季拜花神。牡丹今在此，时日总如春。

注：牡丹亭在莲蓉桥的东南堍。

七绝·河滩头

叠阶探水浸石沿，
顺靠撑来客货船。
洗菜阿婆淘米嫂，
回回碰面在河滩。

注：早年的河滩码头，常常呈现着城市生活节奏的场景。

七绝·卖大蒜头的船

单桨独人划小舟，
清晨碧水雾轻柔。
沿河左右扬声喊，
来买新腌大蒜头。

注：划着小船卖糖醋大蒜头的叫声，成了那时候沿河人家极为耳熟的声调。

七律·锡金钱丝两业公所旧址

貌旧方楼矗影孤，
镂砖名号尚如初。
行商利选河边地，
靠水随修岸上屋。
计价评说丝茧货，
拨钱弄响算盘珠。
莫叹如今形冷落，
当年兴业岂能无。

注：锡金钱丝两业公所，始建于清光绪年间，位于前竹场巷中段，面对古运河，是见证无锡近代工商业繁荣的遗存之一，为无锡市文物保护单位。

锡金钱丝两业公所及无锡最早的中国银行旧址

七绝·游山船浜

朝阳画舫巡波走，
入夜灯船载客来。
婉转丝竹掺酒令，
不需他处觅秦淮。

注：晚清至民国时，河道纵横的无锡游船业兴起，北门外长安桥游山船浜曾是游船集聚的码头之一。

清平乐·涵碧亭

河光满蕴，润气腾来沁。雨雪风霜都历尽，看惯波回浪近。

静听逝水长流，遐思几度春秋。过客情闲到此，同怀碧意清幽。

注：涵碧亭在莲蓉桥北堍向东约二百米处。

生查子·亮坝桥

早先波浪宽，漫漫芦荷荡。
立坝筑弯河，绕岛劳舟舫。
曾收厘卡银，入夜悬灯亮。
今日改新桥，水陆行通畅。

注：明代在黄天荡所筑亮坝，原址在莲蓉桥外荷叶村东侧，因坝形成运河支流一条转水河，清代坝上设厘卡，夜间灯火通明，故名，民国初年为畅通水路撤坝建桥。

七律·亮坝桥厘卡

挂竿挑远胜天平，
取款籔箕自有凭。
银两报喧晨起始，
岸船灯火夜通明。
水流未止财源顺，
沙聚集来税库盈。
世事营生钱所系，
一交一纳俱关情。

注：亮坝桥“厘卡”，原是清代设立的一处收税场所，位于北新河与环城古运河交汇处，现今于原址附近复建的税卡房，坐落在中大颐和湾小区东侧古运河边绿化带内，成为一个历史文化景点。

厘卡

如梦令·涵翠亭

腊月树寒枝寂，尚忆绽白红系。以往夏痴时，叶色映来亭里。桃李，桃李，盼你又生春绿。

注：涵翠亭在通汇桥东堍不远处河岸边。

七绝·河泛

或逢天气乍闷时，
浮水鱼虾状若痴。
傻傻由人收捕去，
河鲜美美佐餐食。

注：有时气压骤低，河底鱼虾因缺氧而迟钝地浮游于水面，这便是“河泛”现象。

诉衷情·思古亭

孤亭默立历年轮，念撬土先人。向河顾盼清水，觅影泰伯身。

波未止，岸迁痕，迹犹存。任光阴去，浪涌流声，尚可知音。

注：思古亭在古运河、北新河丁字相交处的东北角河岸。

思古亭

七律·黄鹄号轮船

黄鹄望海向波澜，
欲弄新潮起步难。
载物乘波寻动力，
弃帆使舵转罗盘。
观奇羡眼空随后，
蓄志攻坚可向前。
旧迹于今陈水岸，
古人曾造这条船。

注：黄鹄号轮船，原由无锡籍科学家徐寿、华蘅芳等于清同治年间制造，是我国历史上第一艘自造机动轮船。后于2009年复制该船，停靠环城古运河原轮船码头附近，在工运桥南堍西面，成为一道历史人文景观。

黄鹄号轮船复制品

画堂春·黄鹊亭

安身静立岂言孤，笑迎雨洗风梳。翘檐如跃那黄鹄，欲览三吴。

岸上高低楼宇，河中远近舳舻。清流作画展长幅，碧影云浮。

注：黄鹄亭在工运桥南堍的西面，离黄鹄轮停靠处不远，因黄鹄号轮船得名。

七绝三首·观鉴古廊古画

其一

不管春来或是秋，
河头鱼蟹戏清流。
眼中山水无他事，
钓者心闲哪有愁。

其二

古来豪客看梁溪，
墨宝欣夸景色奇。
物被时移人去后，
唯生感叹话今昔。

其三

当年烟雨亦朦胧，
天地河湖入画中。
似见古人掂扇指，
苍茫水面漫芙蓉。

注：鉴古廊在工运桥北堍的西面，廊内有三幅石刻古画，分别是：《溪山渔隐图》《乾隆驻跸无锡运河程途》《芙蓉湖图》。

七律·芙蓉湖图

岁月寻回两百年，
锡城西北水绵延。
青林受润逐弥岭，
激浪乘风欲上天。
棹舫行河轮入港，
楼台矗岸饰雕栏。
今存古画蓉湖景，
且待来人探旧观。

注：古运河北岸距工运桥不远处有鉴古廊，《芙蓉湖图》是廊中三幅石刻古画之一，原画由清乾隆年间画家秦仪所绘，以锡山、惠山为背景，描画了当时黄埠墩到西城门一带运河两岸鼎盛期景色。

南乡子·鉴古亭

伟业变遗踪，少有千年剩旧容。吴地开渎流水远，奇功。且赖坊间话盛名。

浪小似无声，丽日游船细细风。欲向波痕询往事，痴情。踏岸来寻鉴古亭。

注：鉴古亭在工运桥北堍的西面，因旁边有鉴古廊而得名。

七律·工运桥

改名通运成工运，
渡口波横历变迁。
罢业缘争生计事，
捐薪肯作造桥钱。
曾经岁月难知后，
过往风云尚忆前。
自打飞虹携两岸，
时光已过百多年。

注：工运桥位于火车站前环城河上，先是1913年由祝大椿等无锡工商名人捐资建成木桥，名通运桥。1926年，多家丝厂女工罢工，游行过已旧损木桥时与军警发生冲突，致数人落水。1927年纺织女工发起捐资，改建为钢筋水泥桥，更名为工运桥。现有桥为2002年重建。

更漏子·流辉亭

夜星稀，呈皎月，清亮无边融泄。临水岸，两相情，泛波光映亭。

晨雾撤，日生烁，地上朝天迎射。河显影，浪摇檐，耀晖炫透栏。

注：流辉亭在工运桥的东北堍。

七绝·古运河边凌霄花

河边润土能泽树，
绽蕾凌霄艳若痴，
梅雨清风花带露，
娇妍不必在春时。

注：入老城区段的古运河岸边，栽种有不少色彩各异的花树，火车站站前广场沿河岸种有一片凌霄花。

河岸边的凌霄花

七律·古运河梁溪风情图

运河往事念留存，
且向梁溪论古今。
摹刻石图宣历史，
顺沿岸道续人文。
城乡景致均出彩，
世象形容各有神。
后代欲知前岁月，
追思来此画中寻。

注:《古运河梁溪风情图》，在古运河火车站旅游码头旁，为镶嵌于专门画壁的石刻长卷图，2008年建成，内容反映20世纪初运河两岸文化遗迹和民间习俗，并有长卷诗题跋。

七绝·河边汰衣裳

全凭碧水去污功，
夏褂冬袍赖洗清。
一早开头临入夜，
河边会响捣衣声。

注：在有自来水前，人们吃用水主要靠河流；在城里居民还没有达到家家有自来水时，生活中对河水使用率依然极高。

长相思·浣月亭

望河流，念河流，月夜灵波最映秋。情长意也柔。

远水悠，近水悠，恨你相别不肯留。清辉照渡舟。

注：浣月亭在高墩桥西面的古运河北岸上。

七律·光复门

辛亥初居大业功，
四方营建氛围浓。
运筹旧貌情形变，
描画新颜气势雄。
货共客人行道利，
城接车站破墙通。
设门应势名光复，
今立河边可觅踪。

注：1912 年，原无锡县城东北隅破城墙开设城门，以方便沪宁铁路火车站和城内交通往来，取名光复门，意指辛亥革命光复中华大业，后于 1950 年随城墙一并拆除。现迁址重建的光复门在环城古运河畔，与火车站隔河相望。

光复门

蝶恋花·长春亭

近岸观河流水碧。日月江南，四处生和气。待过新枝凝细雨，如云柳絮轻飘起。

亦解光阴飞逝意。止暖迁凉，笑看轮时序。未许霜来花落去，容身依旧温情里。

注：长春亭在高墩桥东南堍。

七律·沿河步道

河边健走绕中城，
顺岸延铺栈道平。
择日耐行千万步，
沿堤逐探二十亭。
舒怀吐纳天光好，
迈腿随瞧水色滢。
拭汗稍歇风抚脸，
碧波相映乐怡情。

注：梁溪区境内有环城古运河步道，总长 11.8 公里，人们可以在漫步中观赏古运河美景。“二十亭”，环城古运河岸边景观带点缀着二十多个样式各异的亭子。

七律·城中直河

那段邗沟南贯北，
穿城淌水顺通达。
欢流润色千年景，
乐享波滢两岸家。
住客临窗听浪涌，
行商走货赖舟划。
昔时眼下中山路，
河口曾经驻县衙。

注：中山路以前是条河，清代一段时间还曾是无锡县和金匮县的界河，抗战时期开始填河拓路，1946 年为纪念孙中山起名为中山路，1954 年继续填河拆桥，到 1958 年全部填平筑成马路。古代时该河曾有邗沟、弦河、直河等名称，是京杭大运河的一部分。

古运河岸边住宅楼

七绝·竹篮兜猫鱼

沉水竹篮粘饭粒，
鳑鲏觅味自欢游。
见机拽索急拎起，
乱蹦鱼儿已被兜。

注：以前不少人家都养猫捉老鼠，河边竹篮兜猫鱼可基本解决猫食问题。

采桑子·思海亭

知流归处波澜阔，未惧相遥。
未惧相遥，径向东南起浪潮。
羡河水去能观海，痴望舟漂。
痴望舟漂，默默生情不可消。

注：思海亭在高墩桥北堍东边不远处。

七律·北仓门生活艺术中心

运河岸上北仓门，
聚拢潮头创业人。
不怨存楼形见老，
敢叫旧院貌翻新。
能师巧匠同研艺，
刻木雕石各显神。
致力生活增异彩，
歌声唱响有知音。

注：北仓门生活艺术中心位于梁溪区北仓门古运河畔，原是建于1921年的蚕丝仓库，为江苏省文物保护单位，2005年起创建为文化创意产业园。

北仓门生活艺术中心

七绝·罱河泥

冬遇乡间闲日子，
船来城里罱河泥。
农家使力积肥料，
水道疏清亦适宜。

注：冬时农闲，河遇枯水期，水位低，罱河泥相对便利一些。

七律·无锡船菜

巡河岂止观风景，
游客船中享美餐。
四季遵时择菜品，
三白各样摆瓷盘。
乘鲜细作一桌宴，
入口相投百味缘。
且让舌尖赢感受，
余香未尽略觉甜。

注：古运河水上游随着无锡旅游业一起发展，逐渐成为无锡旅游的一张名片，无锡船菜也因之名扬于世。“三白”指白鱼、白虾和银鱼。

生查子·妙高亭

秀亭依水边，景巧身形妙；
翘角似招寻，盼有游人到。
佳时适赏光，陌客拥来闹；
还望爱栏台，护我清宁貌。

注：妙高亭在高墩桥北埢东面约150米河岸上，附近有庙港桥。

阮郎归·工艺亭

为凭工业报家乡，曾谋铁艺强。万千时日岂寻常，功垂机械行。

河水淌，向前方。先人已领航。一亭一路把名扬，传承永久长。

注：工艺亭在亭子桥北工艺路靠河边。“工艺”之名，源于该地1919年曾办有工艺传习所，又于1922年续办工艺铁厂，见证了无锡机械工业的初始发展。

七律·亭子桥

旧木梁栏因故改，
皇家喜庆动乾坤。
铺石阔步托祥瑞，
叩首依亭祝寿辰。
日耀风轻能靖海，
云柔雨润是熙春。
凭桥若忆千年事，
自古达今几换身。

注：亭子桥在无锡东门人民路原熙春街古运河上，始建于南朝齐时，本名熙春桥，初为木桥，为庆乾隆皇帝六十大寿，重建石级拱桥，上建亭子，地方官在亭中遥拜祝寿，故名亭子桥。后经多次改扩建，现有桥为2003年改建而成，左右侧分别建有靖海亭、熙春亭。

亭子桥和靖海亭

点绛唇·靖海亭

斗角迎天，翼然矗岸悬名适。伴桥延史，愿景强国势。

曾阅人间，多少风云事。逢今日，恰神州治，万众欣如是。

注：靖海亭紧靠亭子桥东堍北侧。

浣溪沙·熙春亭

立柱临波势挺拔，飞檐翘角向云霞。身名久远寓时佳。

日下寒冰逐解冻，河边老树正发芽。东风舞醒万千家。

注：熙春亭紧靠亭子桥东堍南侧。

七绝·摆渡船

港汊浜湾桥哪够，
不兜远路过河难。
时常有客招招手，
对岸摇来摆渡船。

注：早年无锡除环城河和城中弦河以外，曾有“一箭河”至“八箭河”等河道，尽管已架多座桥梁，但河道上仍设有多处摇摆渡船的渡口作为水陆交通的补充。

七律·靖海门

筑起高墙敌外寇，
情祈靖海在当时。
倭贼乍弄硝烟漫，
民众惊闻战马嘶。
箭垛插杆飘赤帜，
窑砖聚力助王师。
城门载史留名处，
故事当留后辈知。

注：靖海门是以前无锡的东城门，原称熙春门，始建于宋代，因靠近古运河上的熙春桥，桥的附近还有熙春街，城门依桥、街而名。明嘉靖年间，无锡知县王其勤率众修城抗倭，改名为靖海门，也有称静海门的，城门于1950年拆除。

忆江南·耕绿亭

清波岸，引水好耕田。绽叶牵牛生野地，拔节麦浪映苍天。春色润家园。

注：耕绿亭在亭子桥和槐古大桥之间的河东岸。

耕绿亭

好事近·畅叙亭

水面少行舟，独处微风得静。望远能舒心绪，意闲寻漂涌。

欲将好事向河说，自笑怎听懂。无语倒闻流响，令神随波动。

注：畅叙亭在槐古大桥北面河东岸，和十里惠风廊相接。

畅叙亭

七律·无锡中学旧址

河边塑像展英姿，
那是高阳办学时。
教育情怀真抱负，
兴学愿助尽家资。
求知拓路前行者，
释惑精心授业师。
自古崇文传赞语，
接连桃李满新枝。

注：无锡中学旧址，在羊腰湾南部古运河岸，无锡中学创办于1920年，是由无锡籍教育家高阳变卖家产建成的一所私立中学，是无锡市第三高级中学的前身，现学校门前河边立有《高阳与学生》雕塑。

《高阳与学生》雕塑

七绝·邻居小伙伴

近岸街坊隔不远，
邻家孩子有阿娇。
同年长大读书去，
作伴追随过小桥。

注：早期枕河人家搬迁的不多，东河头，西河头，小毛头住到变白头，有很多几代同堂的。

浪淘沙·业勤亭

流水入京杭，映碧苍茫。良田润就谷盈仓。旱日着波输涸处，涝泄圩塘。

船驶响笛长，乐此繁忙。千秋利涉富城乡。载运人间年岁好，胜过天堂。

注：业勤亭在槐古大桥北长绛路河边，因为这里曾是业勤纱厂码头旧址而得名。

卜算子·绿锦亭

左受柳轻拂，右喜松枝顾。
碧水悠悠总在前，背赖修竹护。
春见嫩清新，夏叶钻栏入。
秋日阶边草未黄，冬有常青树。

注：绿锦亭在槐古大桥西堍北面。

七律·槐古大桥

一架长桥三百米，
舟船过洞势悠闲。
岸街东贯学前路，
村埠西联闹市圈。
校舍临墩遮水影，
民居傍埦驻河沿。
若夸槐古呈新景，
亦赖通途改旧颜。

注：学前东路和解放东路交界处的槐古大桥，横跨无锡环城河，于1995年12月建成。

槐古大桥

渔歌子·槐古亭

槐古凉亭角欲翔，沉情观景立河旁。楼在侧，客行忙，闻喧见闹亦寻常。

注：槐古亭在妙光桥西堍北面，槐古新村的靠河岸边。

七绝·河里摸蛳螺

蛳螺在水最多生，
石岸循摸缝隙中。
半个时辰一大碗，
拿它搭饭作荤腥。

注：那时候特别是生活过得紧巴巴的人家，把河里摸蛳螺作为一项贴补收益。

阮郎归·河边看船行

持篙戳浪立船工，踏波向远行。艺高人壮显机灵，霞光映脸红。

拍岸水，望河亭。拂身荡柳风。驾舟游在画图中，梁溪最有情。

七律·南禅寺

千古河塘存塔影，
浮屠立岸造七层。
波迷晓雾惊钟响，
浪溅夕阳应鼓声。
幸驻一方一道景，
几经百岁百般情。
禅门内外铺石路，
昼夜缘来印客踪。

注：古运河边的千年古刹南禅寺，位于朝阳广场东面，始建于南朝，初名护国寺，宋代名福圣禅院，后称南禅寺，有“江南最胜丛林”之名。

南禅寺妙光塔

七律·西城门

久伴梁溪近水边，
携墙护域历时年。
贫国弱战城失土，
乱世稀来客试泉。
砖垛衔联形作垒，
栓闸起落枉成关。
今寻旧物全不见，
事历光阴景已迁。

注：无锡原有的西城门，位置在现西门桥北面河旁，其渊源可追溯自汉代有无锡城之名开始，因面对梁溪河，故又曾称梁溪门。明嘉靖年间，改名为试泉门，其义出自苏轼“独携天上小团月，来试人间第二泉”诗句。西城门于20世纪50年代拆除。

七绝·西门轶事

城门城字凿偏土，
沦陷国人满腹忧。
旧事风云相远去，
当今莫忘那年头。

注：抗战全面爆发时，1937年11月，无锡沦陷前夕，有人将无锡西门门额上“西城门”三字中城字的偏旁“土”凿去，以表示对国土沦丧的愤恨。

踏莎行·落英亭

莫叹身孤，通达景阔，虚怀笑待千般客。存情向远望河头，波中日夜舟船过。

露染生红，朝阳俏色，幽香气韵依檐侧。芳华弄舞趁时节，迎风玉瓣飘飘落。

注：落英亭在西门桥西堍北侧。

七律·西门桥

锡城记下千年事，
河上搭桥此属先。
为抵流急修几度，
横遭战乱毁三番。
从来物态因时变，
自古声名续史传。
今走西门通畅路，
卧虹映水胜从前。

注：西门桥横跨梁溪河上，曾有梁溪桥、跨溪桥等名，始建于隋朝，后经数次重修，新中国成立后又经拓建，1960年起名为人民桥，现有桥于2010年重新修建，恢复其名为西门桥。

西门桥

虞美人·日晖巷

曾经货市繁华貌，且道城西好。名播岂止卖石灰，聚业招得访客乐徘徊。

街楼老店传闻在，旧样因时改。路边河水映桥身，尚忆当年东岸试泉门。

注：日晖巷，原在西门桥堍，旧名石灰巷，因清代该处设石灰行而名，以前曾一度成为古运河边的商业街区，留下一批茶楼、作坊等清末建筑，后几经拆建原貌已失。

七律·鱼行街

当年桥堍客穿梭，
热闹城西市场活。
近水鱼鲜宜聚地，
连街店铺顺沿河。
网船歇岸搬虾蟹，
小贩开摊卖蚌螺。
时久貌迁无旧景，
今凭老者忆说昨。

注：明宣德年间，无锡西门桥西堍向南的一段一百多米沿河街道，为棚下街中的鱼行街，因有多家鱼行得名，由梁溪河网船运来太湖水产品在此集散，到了清代更显繁荣，形成店铺众多，人气极旺的街市。现该地段已建为居民住宅区。

七绝·橹店弄

铁梨木橹如鱼尾，
搅水逐舟涌浪中。
斫匠店家成气候，
且乘商号作坊名。

注：清代中叶，由于造船业发展，无锡已出现专做船橹的行业，西门外鱼行街南段有一商家因制卖船橹出名，该处地名便称橹店弄。

苏幕遮·棚下街

想当年，商聚处。客来人往，买卖常相顾。店栈连肩檐罩铺。冷雨稍遮，夏日能消暑。

转时轮，天换物。古运河边，旧景难如故。只恨街名传有误。笑赖乡音，棚下说棚户。

注：明代宣德年间开始形成的古运河边棚下街，从西门桥到迎龙桥，商家众多，整条街道都在过街瓦棚下，挡雨蔽日，极有人气。因无锡话“下”和“户”语音同，故坊间有将棚下街言传为“棚户街”的。

七律二首·西水墩

其一

西水窑墩浮妙境，
梁溪河口小瑶台。
听由俗雅双桥入，
贯享风波四岸拍。
笑耐长街喧闹去，
静迎凉月泛光来。
仰天叠翠幽然地，
许有亭阁倚老槐。

其二

登桥望岛绿婆娑，
几访寻得故事多。
碧水分流拍岸界，
地轴稳驻镇溪河。
闻官在任辛勤业，
守土杀倭奋战歌。
筑庙插香凭纪念，
楼台耸影傍清波。

注：西水墩位于无锡古运河环城段与梁溪河交汇处，古名窑墩，按古人水神玄武之说，又有“地轴”之称，与“天关”黄埠墩相应，西水墩现建为文化公园。

西水墩

七绝·西水墩赏梅

绽蕾寒中生画意，
幽然香气入风微。
凭谁岁末迎春色，
竹影花墙一剪梅。

注：西水墩上西水仙庙的黛瓦白墙旁，栽有紫竹、梅花等观赏植物。

七绝·看鱼鹰捉鱼

窄船头尾立鱼鹰，
听令持竿笠帽翁。
喂过小鱼潜下水，
大鱼叼上就邀功。

注：无锡话称鱼鹰船为“老鸦船”，鸦念作“乌”音，人们看鱼鹰捕鱼犹如欣赏水上表演一般。

七绝·支阿凤开坝

河盈水泄当流畅，
岂可痴蛮为弄神。
一吼挥锹开坝事，
能传豪气励来人。

注：清光绪年间，西水墩西侧的显应河畔有士绅为求风水，在棚下街与西水墩间筑坝截河，影响泄洪，使百姓遭受涝灾，在以支阿凤为领头的民众艰难而不懈的抗争下，终获拆坝建显应桥以通河水。西水仙庙殿外墙上有“支阿凤开坝”故事砖刻浮雕。

七律·显应桥

显应清河调旱涝，
流年两岸涌波声。
竟然垒坝逐风水，
怎可存心苦众生。
势利当防寻祸起，
怨积或引聚民争。
如今若问纠葛案，
见证石桥映碧横。

注：显应桥是连接棚下街和西水墩的石砌拱桥，始建于清光绪年间。

显应桥

七律·西水仙庙

五纬居官位不高，
民间旱涝肯操劳。
沉情画地心思累，
放胆牵河意气豪。
石土生灵行水利，
沟渠运势定波涛。
后人敬祀来墩上，
直把恩泽比舜尧。

注：西水墩上的西水仙庙，为无锡市文物保护单位。庙的东墙上有“抗倭寇三十六义士慷慨捐躯”砖刻浮雕，原有古庙是为祭祀明代县令王其勤率众抗倭之战中牺牲的义士，清顺治年间又修西水仙庙，纪念明代无锡知县刘五纬治水功绩。

七绝·刘五纬

誓改乡田遭旱涝，
精心调水力修圩。
一方惠政为官事，
早有民间颂口碑。

注：刘五纬，四川万州人，明万历年间进士，任无锡知县时，治理无锡西北隅芙蓉圩水患，使周围大批农田旱涝保收，百姓传颂为“水仙”，立庙祭祀。

七律·无锡第一所工人夜校旧址

河中小岛历峥嵘，
隐翠衔红亦有情。
苦难时年熬暗夜，
锤镰旗色亮明灯。
业余认字期达理，
工友识文利启蒙。
西水旧祠今尚记，
殿廊曾响念书声。

注：无锡第一所工人夜校旧址，在大运河锡城西段与梁溪河分流处的西水墩上，夜校由中国共产党早期党员周启邦于1925年4月开办，“无锡工人运动先驱者”秦起便是从这里走上革命道路。

七律·无锡中国民族工商业博物馆

近岸红楼映水红，
铺陈物件数间厅。
闲观眼下蒙尘状，
尚念曾经创业功。
逝去韶华虽日久，
惜留旧迹亦情浓。
锡城以往工商业，
一览河边展馆中。

注：无锡中国民族工商业博物馆位于古运河边，与西水墩相近，是以原无锡茂新面粉厂保留的红砖墙老建筑为基础，经整修而成的锡城民族工商业发展史展览地。

无锡中国民族工商业博物馆

七绝·酱园浜

一道河湾碧影长，
当年绕岸上学堂。
今来岁已赢甲子，
恍忆儿时若梦乡。

注：酱园浜是与无锡古运河相连的一条城西小河，北通环城河，南接梁溪河，德溪路小学在小河西，我和不少小伙伴家在河东，50多年前曾有6年绕河岸过锡惠桥去上学的经历。

七绝·迎龙桥

架桥不止接皇帝，
两岸穿行过路人。
端午河边民众乐，
飞舟竞胜向龙门。

注：迎龙桥位于棚下街南端，所跨河道是梁溪河与酱园浜交汇处，始建于清乾隆年间，是一座单拱石桥。桥名由来，一种说法是迎接乾隆皇帝南巡而得名，另一种说法该桥位置曾是端午节龙舟赛的终点，是迎龙舟的“迎龙”处。

迎龙桥

苏幕遮·迎龙观月

玉盘明，灵兔显。傍水桥边，聚众垂头看。夜色秋光声闹岸。话语凭栏，俏影波中脸。

客思乡，情聚散。十五团圆，天地应同念。或解嫦娥心有憾。寂寥仙家，倒让人间叹。

注：清后期至民国时，无锡民间有八月中秋走三桥（西门桥、显应桥、迎龙桥）赏月的风俗，特别是观赏迎龙桥下明月倒影，这种天上人间千里共婵娟的意境，被取名为“迎龙观月”。

七绝·解放环路与环城河

护邑凿流绕作环，
曾修壁垒亦周圆。
拆墙筑路依河岸，
侣伴城厢姊妹圈。

注：无锡沿绕城河内岸原有老城墙，为拓展城市交通，1950 年开始拆除老城墙，修筑紧邻古运河的环城解放路，如今是城中心主要道路。

七律·西水关

飘旗栅卡已难寻，
渡口摇船亦不存。
今日宽街连岸界，
当年碧水映城门。
桥通可便东西客，
关撤无分内外人。
物貌循时多变幻，
古河流淌未留痕。

注：学前街西头横跨古运河的西水关桥，因古地名“西水关”而名，建桥处附近原来是个老渡口，与西水墩相伴，留下“西关古渡”的历史遗迹。

西水关桥

临江仙·待渡亭

历雪经风无尽日，夜沉月入栏间。凭缘近水驻西关。岸边听涌浪，流响未曾闲。

雨打清河声点点，聊遮片地稍干。飞檐傲向雾弥天。相迎人待渡，翘首看来船。

注：建在西水关桥附近的待渡亭，立于古运河东岸，与西水墩隔河相望。

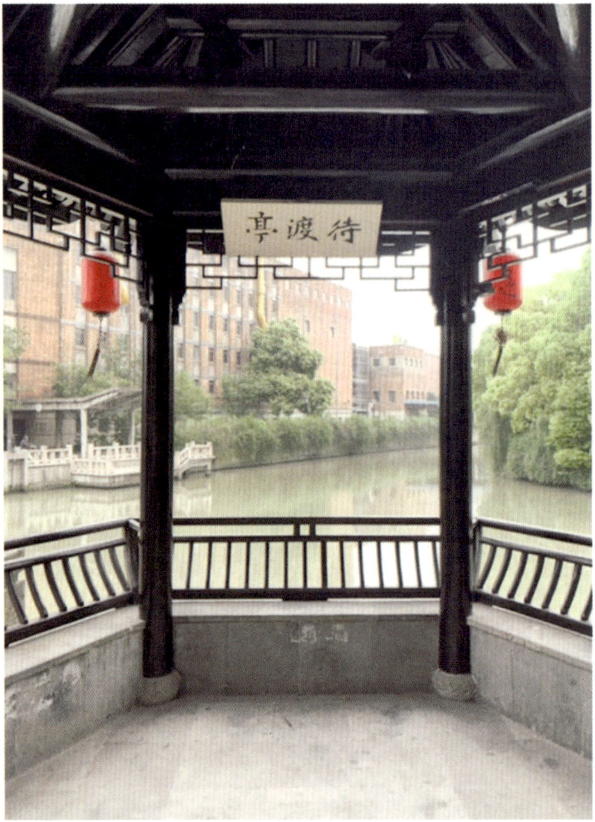

待渡亭

七律·望湖门

震泽润气抚和风，
顶上欣观四地容。
驿址临河隔对岸，
墙楼叠础立南城。
当惜岁去失奇景，
也赞今来念古情。
未让渊源脱往事，
昔遗旧貌此新生。

注：望湖门，是始建于北宋的无锡南城门，原位于如今南长桥北堍解放路上，曾有阳春门、朝京门等名。明代重建城墙城门，改名为望湖门，城楼称为抚薰楼，意为沐东南和风，20 世纪 50 年代城门和城墙被拆除。现在的望湖门是 2009 年异地新建而成。

望湖门、抚薰楼

七绝·南长桥晨景

南禅映水日初升，
桥堍门楼渐耀明。
老者提笼闲有趣，
河边遛鸟啭欢声。

注：南长桥与南禅寺相近。

南长桥

七律·淘沙巷

为怨波凶侵岸地，
神传治患仗慈恩。
风云世事催迁户，
烟雨河滩许驻身。
逝水无情淘岁月，
清流有幸滤沙金。
如今黛瓦新叠后，
洵美城南又一村。

注：梁溪区新民路古运河边的淘沙巷，民间有唐代高僧慈恩捉黑鼋定水患的传说。另一巷名来源相传是，明朝年间，有原安徽凤阳长江边以沙里淘金为业者，迁居无锡后，继续淘沙存金作业，该地遂以“淘沙巷”为名。

淘沙巷

七绝·淘沙巷访古

淘沙巷口觅从前，
隔岸禅声数百年。
为给今人存念想，
孤形石柱立河边。

注：石柱，指古运河边“首藩方岳坊”遗址幸存的立柱。

七律·首藩方岳坊遗址

进士牌坊曾映水，
淘沙巷口傍河居。
难得印绶逢恩配，
总赖才情适位齐。
走马效国非可忤，
行权益事信相宜。
花岗石柱今残立，
为表功名未肯移。

注：明代进士无锡人龚勉的“首藩方岳坊”遗迹，为无锡市文物保护单位，在无锡古运河边淘沙巷东端。

七律·锡山驿遗址

江山无限中华地，
驿道联通大版图。
转水河头达宿站，
连田岸上走尘途。
晨来波响划船桨，
入夜石声震马足。
风雨边关常有事，
闻传或是报捷书。

注：锡山驿遗址在南长桥堍，为无锡市文物保护单位，驿道的历史可追溯到北宋年间，锡山驿是无锡南门古运河边水陆驿道上的主驿站。

首藩方岳坊及锡山驿遗址

谒金门·许氏旧宅

薰风润，立铺门沿河顺。总念营生添幸运，还凭勤使劲。

麦子磨成面粉，筛匾细簸佳品。拌水翻揉千百摁，美食得众允。

注：许氏旧宅是无锡市文物保护单位，在古运河边新民路13号，始建于清咸丰年间，后于民国初年扩建，为面粉作坊和刀切面铺，有晚清及民国初期江南地区前店后坊特征。

许氏旧宅

七律·丛桂坊

宗祠不仅筑庭轩，
总蕴人文溯有缘。
一捧雪杯添戏韵，
成双进士誉乡贤。
长街标志说丛桂，
莫氏牌坊立景观。
此意当能宣后世，
再赢功业亦如前。

注：仿古复建的“丛桂留馨”牌坊在南长街入口处，明代居住于南长街莫宅兜的莫氏叔侄两人先后中取进士因而敕建。一捧雪，为明代珍品玉杯，又是京戏《审头刺汤》的别名，戏文内容与莫家后人有关。

丛桂留馨牌坊

七绝·跨塘桥

一桥石拱跨河塘，
作伴清幽水弄堂。
待浪环城合聚此，
泛流衔济北南方。

注：跨塘桥在南长街与永乐路交叉口，原名阳春桥，始建于明代，现有桥于2007年重建，成为古运河上的一座景观桥。

跨塘桥夜景

七律·无锡造船业

临波近岸不耕田，
凿木朝河遣舸舢。
信誉须延名可久，
营生令赖艺非凡。
几家创业轮先后，
五姓争赢各向前。
工匠逢时身展露，
南湖献技造红船。

注：无锡地区造船业历史悠久，明清时发展势头更足，曾有“五姓十三家”造船专业户。在复制浙江嘉兴南湖的中共一大纪念红船时，就有当年无锡红旗造船厂师傅的鼎力参与。

七律·江南水弄堂

潋滟穿城泽左右，
清幽柔美客来多。
雕栏桥柱标名胜，
黛瓦墙檐映碧波。
画舫浮游巡岸走，
竹篙轻点靠街泊。
江南水韵君须看，
一段无锡古运河。

注：江南水弄堂指无锡南长桥至清名桥约 1.5 公里的河道和沿河民居形成的景观，是锡城古运河最体现江南枕河人家风貌的精华所在。

水弄堂

七绝四首·古运河季节

其一

春河渐暖映流云，
二月芳菲最惹人。
绿水环城柔似醉，
薰风抚岸柳条新。

其二

夏河耀日泛天光，
抵热波头水气飏。
自有人家家近岸，
清流在侧意清凉。

其三

秋河若镜星稀夜，
且揽银盘照水圆。
月下清名桥上客，
痴痴垂首看婵娟。

其四

冬河止浪寒波静，
港里歇船浅水凝。
两岸更妆偕腊月，
屋檐缀雪挂冰凌。

醉花阴·南长街

两岸楼台携倒影，碧涌穿长弄。物古惹乡情，傍水街边，岁老石桥拱。

勾吴造化延新景，聚此人间兴。万客看千般，入眼欢愉，乐起生歌咏。

注：南长街是无锡城市中心以古运河为核心的古邑，是一处有着“江南水弄堂，运河绝版地”美誉的市区街道。

南长街

七律·古运河岸夜景

日落星呈时渐晚，
石栏映彩水楼间。
绕桥霓炫明光耀，
射角荧流月色惭。
食客傍河集夜宴，
孩童指岸上灯船。
风情岂止白天好，
玩伴流连不肯还。

注：古运河边有南长街，夜晚与白天相比另有一番特色和情趣，常有不少游客光临。

七绝·沿河乘风凉

夏晚岸边排座椅，
洒盆河水止蓬尘。
四邻聚拢说天地，
蒲扇轻摇到夜深。

注：在没有空调、少有电扇的年代，屋外河边是人们乐于聚集的休闲纳凉地。

七绝二首·夜游古运河

其一

月下清风拂水影，
彩灯耀色缀亭台。
夜光画境浮舟动，
古运河边有客来。

其二

乘波皓月映游船，
照岸霓灯亮榭轩。
似梦书中仙界景，
客来知美赞江南。

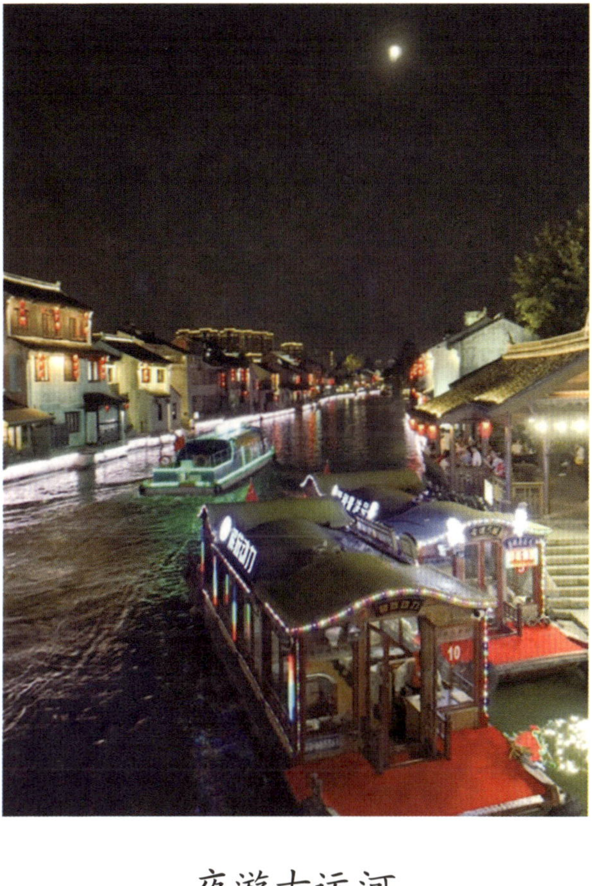

夜游古运河

七律·新春行大运

走岸欣观美丽城，
环流碧色水盈盈。
河旁店户参差列，
街外楼宅错落层。
沿路撩枝花聚彩，
过桥近树鸟欢声。
身依妙境直须看，
热爱家乡最动情。

注：逢春时节，无锡市梁溪区组织千余人沿古运河岸开展行走大运河徒步活动，观赏水岸风光与健身相结合，并把活动主题标为“新春行大运”。

五律·阳春巷

塔影映朝夕，
声闻水鸟啼。
茶桌沿岸景，
店舍枕河居。
路客欣来聚，
华灯久不熄。
砖墙隔闹市，
处静令心怡。

注：阳春巷位于无锡古运河跨塘桥北面，因明洪武初年建阳春桥（跨塘桥原名），巷即依桥而名。

阳春巷

七绝·马昌弄

只恐舟车行路慢，
飞蹄踏响入长街。
差官快马身同累，
报罢传书至此歇。

注：古运河边南长街上的马昌弄，原是宋代起始设立驿站的养马场所，旧名叫马厂弄。

阮郎归·钱同义旧宅

城南河畔忆年华，业勤可旺家。用心挥汗育仙葩，浇开宝显花。

清素布，细柔纱。针挑绕指掐。配成纹彩绣千匝，播名远近夸。

注：钱同义旧宅在南长街208号，为无锡市文物保护单位。房主于20世纪20年代创建以“宝显花”为品牌的业勤花边公司，钱氏绣品被列为省级非物质文化遗产。

七律·南禅寺街道基层党建工作指导站

位居街侧繁华地，
劲注清风闹市区。
未必开门成店户，
非因纳客聚商机。
笃行道义当长守，
持正初心不可移。
满架书香扑面处，
激情演讲颂红旗。

注：沿南长街的金钩桥弄口，有数间面积不小的房屋，是南禅寺街道基层党建工作指导站所在地，标为“古韵南禅，红色驿站”。

七绝·南长街上南书房

金钩桥弄敞门宅，
卷册叠排置凳台。
不仗依街赢买卖，
只招读者入堂来。

注：南书房，即“梁溪区图书馆南禅寺街道分馆”，在南长街金钩桥弄内。敞门宅，指南书房门头虽不大，却昼夜向读者开放。

南书房

七律·鸭子滩

趣名可助忆从前，
旧地河头绿苇田。
舢板起伏波浪里，
群鸭嬉戏草塘边。
衣食最扰凡尘事，
僻壤能成世外源。
耐度风霜披雨日，
渔歌响处亦悠闲。

注：名为鸭子滩的老弄堂位于清名桥西侧，亦名圣塘里，很早以前这里有芦苇塘，居民以养鸭为生，相传乾隆皇帝巡江南到此，称为鸭子滩。

七律·张氏嘉乐堂

谦冲为美沿今古，
立础修屋岂仗财。
窄巷精心添景致，
闲庭小步踏阶台。
耳听桂子临窗落，
手抚湘竹倚壁栽。
且让东墙三尺地，
留得义气绕家宅。

注：张氏嘉乐堂坐落在南长街鸭子滩1号，1930年始建，是古运河畔典型的民国住宅建筑，为无锡市文物保护单位。墙脚嵌石刻记载，“此弄由张氏祖基让三足尺余，呈县建设局备案，民国十九年冬月，张嘉乐堂立”。

南歌子·定胜桥

撒网归舟晚，孩童顺岸瞧。踏波木橹只轻摇，见那阿公含笑立船艄。

洞下清流在，拂栏柳叶飘。时年过往到今朝，代代乡情系此老石桥。

注：定胜桥在无锡南长街贺弄西端定胜河上，为东西跨向的单孔石拱桥，花岗石和青石混砌，明代始建，清代重建，古朴坚实，属无锡市文物保护单位。

定胜桥

七律·大公桥

荣氏修桥举善功，
西街径跨到河东。
石墩遏浪三隔拱，
钢骨衔梁两岸通。
处世情豪能仗义，
赢财业盛自从容。
邑人感念仁德事，
不枉声名号大公。

注：大公桥是一座跨越古运河的梁式桥，位于梁溪区清名桥街道，离清名桥不远，于1930年建成，当时由荣德生、荣宗敬兄弟全力捐资建造。

大公桥

七绝·参观中国丝业博物馆

衣爽着身织线缕，
指尖沾水缫纤丝。
百年展物逐一看，
创业辉煌令客知。

注：中国丝业博物馆在南长街大公桥堍，以民国建筑风格的永泰丝厂旧厂房为主改建而成，展示无锡在丝绸工业方面曾有的百年辉煌历史，永泰丝厂旧址为江苏省文物保护单位。

七律·镇塘庵

守岸结缘可镇塘，
近河闻响水流长。
平安净舍歇车辇，
战祸闲庭映火光。
万念思寻超世愿，
一情欲定造莲邦。
隔墙暗处今孤影，
旧迹凭谁作感伤。

注：镇塘庵旧址位于梁溪区南长街上，原名镇塘禅院，始建于明嘉靖年间，曾用于驿骑间歇、漕船泊宿，清咸丰年间遭战火烧毁，同治年间复建，民国时期成立镇塘莲社，现已失原形，尚存门头和厅堂平屋几间。为无锡市文物保护单位。

镇塘庵旧址

七绝·镇塘庵旧事

四处难寻知县匾，
只言尚念量如名。
存今续古说文脉，
须赖诚心最有情。

注：镇塘庵在清同治年间重建后，曾挂无锡知县廖纶书的“乾坤正气”匾，现已失。量如，早年追随孙中山革命，后出家做和尚，曾在镇塘庵坐关修行。

七绝·坎宫救熄会

坎宫驻岸相携水，
日日坊间警火侵。
宁肯闲身无大用，
休生灾祸闹惊心。

注：坎宫救熄会，位于古运河畔南长街上，始建于清同治年间，为无锡市文物保护单位。坎宫，古代术数家所指九宫之一，于五行为水，取坎宫名有凭水克火之意。

七律·清名桥

秦家兄弟共捐钱，
始造于今数百年。
砌就花岗浮半月，
着横碧水立双栏。
叠阶顺步迎游客，
拱孔虚怀纳驶船。
跨岸存身逢盛世，
更添声望满人间。

注：南门外古运河与伯渎港交汇处的清名桥，始建于明万历年间，由原寄畅园主人秦耀的两个儿子捐资建造，原名清宁桥。现桥洞圈石上存有的题刻，记载了清咸丰、同治年间对该桥改名和重建的情况。2006年清名桥被确定为全国重点文物保护单位。

清名桥

七律·伯渎河

开渎岂止利舟行，
稻麦花香两岸风。
旱日匀泽田土润，
涝年畅泄水塘通。
观今入目呈新景，
访古沿河觅旧踪。
望有欢波逾万代，
流声是咏泰伯功。

注：无锡的伯渎河原名泰伯渎，已有3200多年历史，全长43公里，在清名桥附近与京杭大运河无锡水弄堂段相接，流经坊前、梅村、荡口等村镇，通往常熟。

七绝·泰伯首开人工河

率众疏渎泽两岸，
凿河动土第一锹。
浇田利涉清清水，
今古长流唱自豪。

注：泰伯渎当初所形成的河道，是商朝末年吴泰伯在梅里建勾吴国后，在中国历史上开凿的第一条人工河流。后汉时吴郡太守糜豹所作《泰伯墓碑记》中有“穿浍渎以备旱涝”等内容的记载。

五律·伯渎桥

一架横河跨，
伯渎眼底收。
砖痕凝旧意，
拱影照清流。
耐度纷繁日，
闲观过往舟。
乡人归故里，
静静立桥头。

注：伯渎桥位于古运河上清名桥东南不远处，始建于清末，是伯渎河与运河汇流处的一座砖砌拱桥。

伯渎桥

七律·南下塘

此间幸赖运河流，
润遍宜居巷陌头。
夹弄一条石板路，
接檐百户水边楼。
开门摆货迎游客，
把酒临窗看小舟。
街角塘桥怀古意，
人来自可念乡愁。

注：南下塘是与南长街隔河相望的一条历史文化街区，大致范围是指跨塘桥东堍起到清名桥一段古运河边的老街。

南下塘石条路

太常引·重恩坊

书生有志既鸿轩，出道自江南。历事万千烦。声望获、言行俱贤。

石坊赐建，牌额巧设，彩匾已高悬。此赏又新添。恩为勉、忠勤再三。

注：明万历帝为表彰致仕归家老臣龚勉功绩，先赐建首藩方岳坊，后于南长街黄泥桥西堍再建重恩坊，民国时被拆除，现重建于南下塘街北出入口的重恩坊，牌坊另一面题“南下塘”地名。

重恩坊

七律·南下塘剑舍

斗胆登楼探剑容，
果然出鞘见寒锋。
觅石百炼期合用，
淬火千磨始作成。
铜铸鱼肠添史事，
世闻承影入书名。
少年羡武如痴日，
曾舞龙泉在梦中。

注：剑舍，位于南下塘204号，也称“无锡吴越刀剑锻铸研究院”，楼上厅堂展示有多种款式的龙泉宝剑，还有马刀、扎枪、画戟、铁鞭等古兵器。鱼肠、承影，为古代剑名。

金塘桥

五律·小桥流水人家

人家历岁年，
久住小河边。
逝水形欢畅，
横桥意静安。
坐堂闻打浪，
门外见行船。
闹市隔街远，
宜居梦亦闲。

注：明清到民国时期，无锡除了有绕城的古运河，城中还有星罗棋布的汊港支流，城内河桥曾有近百座，于是也便有着不少的小桥流水人家。

南下塘汉河

渔歌子·海宁救熄会旧址

且看门头老式楣，抬龙伏火亦生威。挥大斧，戴钢盔。消防旧事此堪追。

注：海宁救熄会旧址在南下塘263号，是民国初年所建消防救火设施旧址，为无锡市文物保护单位。抬龙，是当时的一种木制灭火器械。

海宁救熄会旧址

七律·祝大椿故居

清名桥侧向河屋，
曾住城南最望族。
叠瓦墙檐亲水影，
开门面目映伯渎。
学徒历事知贫苦，
故里牵情聚善福。
锡沪留痕公益在，
老宅余韵念当初。

注：祝大椿故居，在无锡城南清名桥东侧伯渎港街，属清代名人故居，为江苏省文物保护单位。

伯渎港

七绝四首·古运河边漫步

其一

葱茏两岸映河流，
蕴雨浓云蔽日头。
得兴今来闲漫步，
临波一望意清柔。

其二

轻风过处水无纹，
柳叶亲波绿意深。
近岸石栏蒙树影，
持竿静坐钓鱼人。

其三

城南水弄飘烟雨，
波皱河塘细细风。
隔岸街楼迷景色，
清名桥影也朦胧。

其四

光阴自顾轮回事，
暖雨催增绿树颜。
午后河边来人少，
才思歇脚见亭闲。

七律·两棵古银杏

桥堍两棵银杏树，
虬枝苍老叶还鲜。
风中互望成双伴，
日下同苗四百年。
赖护无灾吸雨露，
承恩有幸驻河沿。
寒来暑去春秋里，
总显生机在世间。

注：古运河边上，在金塘桥西、知足桥堍长着两棵古银杏树，树龄为400年左右。

两棵古银杏

七律·参观无锡窑群遗址博物馆

河边馆舍精修饰，
古迹群窑样貌存。
展示瓦当高质量，
细观砖刻美花纹。
揉泥拌水劳身手，
看火添柴烤匠人。
久久诚心加尽力，
土坯百炼也成金。

注：无锡窑群遗址博物馆在无锡城南环城古运河与伯渎河交汇处岸上，无锡大窑路窑群遗址是国家级文物保护单位。

七绝·窑兵抗倭

御寇窑工义气昂，
烧砖百万垒城防。
柴刀舞动声声吼，
不让倭贼犯我疆。

注：明嘉靖三十二年，倭寇进犯无锡，当时的窑工们加入了抵御来犯敌人的战斗。现古运河边的无锡窑群遗址博物馆外墙上，有记载历史景象的砖雕《窑兵抗倭图》。

窑群遗址博物馆内场景

七律·大窑路古窑

窑口朝南且洞开，
但因岁老见形衰。
廓沿起缝拥杂树，
垒础凝湿染绿苔。
曾令火神烧草木，
频出砖瓦筑楼宅。
今成旧景临河岸，
访古人乘画舫来。

注：清名桥景区大窑路旁，有明清砖瓦古窑。

古窑

七律·乌龙潭渡口

摇船往复走河塘，
两岸居民认惯常。
载客乘波归去处，
携童踏浪上学堂。
四时冷暖经多日，
几代情缘系此航。
歇渡闲亭今尚忆，
橹声曾响百年长。

注：无锡古运河上存用最久的乌龙潭渡口，在南水仙桥北附近，随着当地路桥交通越来越便利，已歇渡，原渡口现建有木亭，成为遗迹标志。

乌龙潭渡

七绝·溜冷浴

女孩近岸轻撩水，
壮汉河心浪里蹿。
也有初学人胆小，
木盆充作救生圈。

注：半个世纪以前，夏天里距家不远的河，是人们的天然游泳场。

七绝·南水仙桥

城南立祀祭英豪，
历史绵延岁月遥。
托物传播文脉事，
水仙庙外水仙桥。

注：横跨古运河的南水仙桥，位于南长街南水仙庙（松滋王侯庙）附近，桥面路中间为机动车道，两侧人行道为叠瓦翘檐的漂亮廊桥，于2020年完工。

南水仙桥

七律·王其勤

古水流长北向南，
松滋王庙近河滩。
抗倭筑固围城壁，
治乱厘清纳税田。
县令担责须勇敢，
官家务本见仁贤。
民逢三月初七日，
聚到塘泾拜水仙。

注：王其勤，湖北松滋县人，明嘉靖年间进士，任无锡县知县期间，率军民修筑城墙，抗倭得胜，并整顿混乱的赋税制度，减轻农民负担，后无锡民众建松滋王侯庙予以祭拜，即现在南长街古运河边的南水仙庙，现称水仙道院。

七律·松滋王侯庙

古色残碑说故事，
塘泾桥堍庙堂中。
急招义勇拼逐寇，
抢垒窑砖助戍城。
血战风云声震撼，
兵戎水火气升腾。
时光莫断追思念，
且寄燃香袅袅情。

注：松滋王侯庙，即南水仙庙，在南长街塘泾桥堍，明代建时为祀文天祥的两位部将，称“双忠祠”，船工、渔民常入庙祭拜，奉为水仙。清康熙年间，于双忠祠南侧另建松滋王侯庙，并将二庙合为一所。1986年公布为无锡市文物保护单位。

南水仙庙

七律·中国共产党无锡工作委员会机关旧址

今人未忘城南事，
旧迹留痕亦有情。
暮夜腥风宣恐怖，
豪杰壮志向黎明。
学堂助力谋革命，
庙舍容身巧斗争。
古运河边存纪念，
当年在此聚英雄。

注：在无锡解放前夕，以南水仙庙庙舍为校舍的培南小学，是中共无锡工委隐蔽开展地下革命工作的重要阵地。

浣溪沙·翠辇停骖牌坊

三月初七祭水仙，船民信众各朝前。南辰道院聚人缘。

大驾停骖余旧韵，流波舐岸续新颜。长街热闹客悠闲。

注：南辰道院，南水仙庙的别称，南长街上“翠辇停骖”牌坊在道院南侧。翠辇，帝王的车驾；停骖，勒马不前。传说之一是清康熙皇帝曾南巡经此命人致祭，另一传说为乾隆皇帝南巡经此适逢庙会，曾派员入庙致祭。

翠辇停骖牌坊

五律·幽静的南长街南街

此处景幽闲，
长街走到南。
荫浓苔色起，
车少鸟声喧。
路面宜徒步，
岸边可打拳。
钢铁桥划界，
闹静两重天。

注：钢铁桥以北到南长桥一段的南长街很热闹，而钢铁桥南边至利民桥一段的沿河路上因无店面也无公交车站等，显得格外清静。

七绝·利民桥水利枢纽

兴修立坝迎汹涌，
起落悬闸控水流。
急缓降升皆有度，
波涛至此转轻柔。

注：利民桥水利枢纽位于古运河城南段，在旺庄路北面。

利民桥水利枢纽

西江月·高浪渡

黛瓦层楼几幢，田边绿树连株。闲居老者话当初，不免说高浪渡。

两岸凭船过往，常愁浪起风呼。而今桥阔贯通途，且以村名冠路。

注：位于无锡市高浪路上的高浪大桥，跨京杭大运河，2004年建成。很早以前，桥址附近有一渡口，叫高浪渡，河东岸不远处有一个村子，叫高浪渡村。

高浪大桥

七律·永兴寺

古刹今存大路边，
赤乌肇始越千年。
逐层宝塔朝云立，
荡角金铎为响悬。
日月流光轮世道，
观音慧眼看人间。
永兴寺里荷缸好，
出水娇莲乐众缘。

注：永兴寺始建于三国东吴赤乌年间，是无锡地区最早设立的寺庙之一，旧址在原南长区扬名街道新联村徐来桥京杭运河畔，后移址重建于现梁溪区华清大桥西堍匝道旁，在京杭大运河无锡新河段西岸。

七律·望虞河

淌水辞锡意不休，
河心跨界到苏州。
欣翻动涌延南域，
尚念来源贯上游。
数道闸关平患势，
无边岁月续长流。
望亭岸外江湖远，
莫把虞山作尽头。

注：望虞河位于无锡、苏州两市交界处，是无锡段大运河水经流出市的河道，最早由越国大夫范蠡率众开凿于公元前475年，现今的望虞河是新中国成立后重新疏浚的。

望虞河

七律·望亭

千古流波流到此，
御亭润就水灵魂。
一河碧浪情无限，
两岸乡居脉有根。
感佩先驱留胜迹，
更凭岁月画新痕。
桑田市井今说好，
是赖勤劳历代人。

注：望亭古名御亭，东汉末始建，唐代改为现名，望亭镇凭亭而名。唐至清代期间，望亭属无锡县管辖，后改属苏州。京杭大运河穿望亭而过，是出无锡入苏州的第一站。

七绝·望亭驿

自北传南敕令急，
挥鞭驭马卧身躯。
斜阳照见龙亭影，
渐响蹄声到鹤溪。

注：望亭传称龙亭，鹤溪是运河古道的名称，望亭驿有“鹤溪古驿”之称，始建于隋代，原名御亭驿。

七律五首·古运河风光带五园

其一·运河公园

北望金山碧水间，
沿河草树缀花园。
轩阁巧设星罗状，
画刻诚宣历史篇。
展示风光求适意，
融合文脉入悠闲。
游人到此说黄歇，
古往今来续变迁。

注：运河公园位于无锡古运河与新运河交汇处，是占地16万平方米的文化主题公园。金山，指黄埠墩。

其二·江尖公园

冬逢丽日照亭台，
城北江尖有客来。
观水行船情酣畅，
闻笛闹岸响徘徊。
天弥爽气宜舒目，
风韫清香乐满怀。
曲径林荫行转角，
枝头簇簇蜡梅开。

注：江尖公园，原址为无锡市江尖渚，四面环水，呈长三角形，周长约 800 米，于 2003 年建成开放，是欣赏古运河风光的一个极佳景点。

江尖公园灯塔

其三·海棠苑

傍叶孳悬三五萼，
柔枝修畅立河旁。
花仙未肯春时睡，
秋意终成果色黄。
恋土持身能抵冷，
生机秉性乐朝阳。
嘉园易聚寻芳客，
总有人来看海棠。

注：海棠苑在亭子桥东南堍至槐古大桥运河段的东岸。

其四·业勤苑

林荫花圃伴遗迹，
令客追寻忆早年。
常看波头拍柳岸，
相依浪里载纱船。
絮棉造纺勤来往，
愿景随流待去还。
古运河边说旧厂，
先人敬业久名传。

注：业勤苑在古运河槐古大桥北侧，为开放式休闲公园，因1895年杨宗濂、杨宗翰兄弟创办业勤纱厂，业勤苑建于业勤纱厂故址而名。

其五·抚熏苑

筑就南长桥堍景，
回廊势贯望湖门。
高楼惯历云烟事，
大树还遮过往人。
触岸轻波声起落，
隔河黛瓦影浮沉。
紫薇掩映轩栏处，
禅塔风铃或可闻。

注：抚熏苑位于南长桥堍抚薰楼北边。

七律八首·锡城古运河八景

其一 · 蓉湖溯源

大地变身能退海，
辖波万顷造湖成。
日烘浅沼云嫌淡，
水漫湿田雨恨浓。
凿土延流堆岸筑，
修塘顺浚贯河通。
如今欲探芙蓉貌，
墩渚庄圩是旧踪。

注：蓉湖，即芙蓉湖，亦称射贵湖、无锡湖，属东海地壳变迁退海形成，战国时期黄歇率众治水患，导流蓉湖水贯通太湖、长江。时光转换，历代改土调水，现留下黄埠墩、蓉湖庄、江尖渚等历史遗迹，成为追寻芙蓉湖旧貌的线索。

其二·北塘米市

盈仓堆栈垒宽台，
漕运八方谷豆来。
客喜年丰勤顾盼，
船能月半几回还。
蓉湖楼上谈出货，
三里桥头论进财。
五百春秋虽逝去，
粮行尚记傍河开。

注：无锡老城北门外古运河边，现江尖大桥、莲蓉桥、永定桥一带，明代的《无锡县志》中有粮米货栈码头相关记载。蓉湖楼，清光绪年间在三里桥西堍所建的茶楼，是当时客商聚集洽谈生意的热门地方。

其三·莲蓉烟雨

唐人已建跨河桥，
聚市莲蓉众语嚣。
一季梅熟斜雨落，
百家炊事细烟缭。
啄波鹭鸟争欢跃，
立岸楼台欲比高。
自古多情城北地，
但凭水润此颜娇。

注：无锡北门外古运河上的莲蓉桥，建桥史可追溯到唐朝，当时桥北堍至现在的工运桥段，靠近芙蓉湖，往来船只很多，所载货物在这地段集散，时间长了逐渐形成集市，唐代时称“大市口”，无锡人称之为“大桥下”。

莲蓉桥

其四·站前灯火

古时荒野黄天荡，
今令喧繁入夜间。
遮月荧光呈亮丽，
斗星炫色岂阑珊。
码头通运城门外，
站口关联铁路边。
货客莫愁白日尽，
华灯耀影动车船。

注：无锡火车站所在位置是宋代古战场黄天荡，清光绪三十四年（公元1908年）始建火车站，后来，站前运河上建起了通运桥、高墩桥，另外开建通运路、光复门等设施，使该地段成为车船人货集聚地，昼夜不息，无锡人称“马路上”。

其五·熙春朝晖

城中望日向东头，
物洒晨曦尽亮眸。
天叫时辰辞冷季，
谁挥鞭响打春牛？
老街列户家家店，
新舍沿河栋栋楼。
水暖亭桥呈盛景，
敢说福地胜瀛洲。

注：无锡原先的东门外亭子桥东堍曾是古代举行“打春”仪式场所，古运河经逐年整治后，使羊腰湾一带沿河景观更为亮丽。

《打春牛》雕塑

其六・旧城怀古

邗沟自打翻波浪，
一段欢流两岸情。
锡惠山间秦将事，
越绝书上地方名。
物多利市呈兴业，
众久集居垒筑城。
今上桥头观碧水，
日霞夜彩照清莹。

注：被认为东汉人所著《越绝书》中已有对“无锡城”的记载。秦将事，传说战国时秦将王翦率军驻锡山，挖出石碑，碑上有字：有锡兵，天下争；无锡宁，天下清。景观地段位于永定桥、西门桥之间。

旧城怀古

其七·梁溪晓月

清流着意幸无锡，
设镜开怀映太虚。
日暮金乌归惠麓，
夜空玉兔顾梁溪。
风微水缓河如止，
影炫波摇岸似移。
既到人间情暖处，
婵娟羡此最相依。

注：梁溪河与古运河、新运河、太湖、蠡湖相沟通，月下梁溪河岸风光，体现着江南水乡特有景色，景观在水面较为宽阔的显应桥、西水关桥间最显特色。

其八·望湖薰风

具区好水动波痕，
日下生辉映彩云。
广厦迎南开户牖，
和风向北入城门。
舟船卸载经营事，
路巷通达往返人。
多少结缘新老客，
津津乐享此凡尘。

注：古运河流至无锡南门的南长桥近处，桥西侧望湖门和抚薰楼是景观的主要所在，古时南城门命名为望湖门，意为立在城门楼上可以遥望太湖水光，城楼名抚薰楼，意为和暖的南风从太湖那边吹来。

七律十首·古运河风光带生态十景

其一·清莲芳阵

山河作伴映清空，
好景天然胜画工。
碧浪奔来亲惠麓，
粼波汇聚育芙蓉。
晓风抚叶层层绿，
烟雨沾花点点红。
水势朝南欢涌动，
欲携芳韵入城中。

注：运河公园有生和浜、玉莲桥等景观，生和浜的“和”谐音为“荷”，原是古芙蓉湖的一个港汊，生长有大片荷花，故取名“清莲芳阵”。

其二·牡丹亭影

水流最善生新绿，
滋养桥边翡翠田。
顺季清波泽草甸，
因茬润岸莳花盘。
风轻雨细飘芍药，
气静亭闲伴牡丹。
小径何时多访客，
春催夏暖见娇颜。

注：“牡丹亭影”生态景观，指莲蓉桥东南堍，竹场巷对岸，长100多米的沿河绿带，植有牡丹、芍药，另有叠石假山、树、草、亭等组合成景。

其三·后海闹春

阔水宽河情似海，
清灵晓镜映白云。
天开气暖行时季，
鱼跃冰消报日辰。
汉口桥横投碧影，
合流涌入旋波纹。
石驳岸上垂杨柳，
笑舞东风最闹春。

注："后海闹春"生态景观，位于江尖公园西南角，是由三条河流汇聚处一片宽阔的水面，与茅泾浜相连。后海，因处于无锡北郭，古时称北为后。

其四·玉兰琼华

织成岸上绿篱笆，
蔽日青荫密树杈。
芳径拐边存古迹，
茂林近处住新家。
枝头孕蕾形莲座，
叶里含苞美玉葩。
曾是传说争战地，
今朝隐秀载琼华。

注：“玉兰琼华”生态景观，指北新河与古运河交汇处岸上的滨河绿地，种植了不少玉兰花，另有古税卡、黄天荡古战场等旧迹。

其五·绿萝踏雪

曾有晨钟暮鼓音，
庵园草树翠深深。
风云万变逐新意，
雨露千轮洗旧痕。
画里香堂星夜晚，
传说梅影雾清晨。
今修倚岸幽亭在，
冬日还迎踏雪人。

注：“绿萝踏雪”生态景观，位于亭子桥西南埯，其人文渊源来自该地不远处绿塔路旁始建于明代的“绿萝庵”，且无锡籍明代进士龚勉诗文有“绿萝庵里看梅花”句。现河边筑有一亭，朝河面的亭檐挂“绿萝踏雪”匾额。

其六·槐古醉今

千载河流民乐此，
俗名宜众可长存。
一桥架妥缘槐古，
两岸生机令醉今。
故地情浓存老树，
嫩枝叶盛报新春。
绿拥石刻成荫处，
入耳欢波恰可闻。

注：景观位于槐古大桥东沿河桥堍两侧，在靠北一侧几株粗大槐树遮拥下，立有巨石一块，上刻“槐古醉今”四字。

槐古醉今

其七·绿浪泛波

森森大树显葱茏，
绿化沿河似翠屏。
秋水映空云气淡，
春潮润木叶颜浓。
波轻别岸佯无意，
林密兜风自有情。
田径留痕怀过往，
当年体育万人行。

注：“绿浪泛波”生态景观，指清扬桥与体育场桥之间的体育公园的滨河绿带，绿植从 1950 年筹建体育场时开始栽种，见证了无锡体育事业发展历程。

绿浪泛波

其八·落英洗雨

莫向仙山寻妙境，
江南此地亦多情。
飞虹跨水添桥影，
绿瀑朝河挂树丛。
若喜乘时花瓣雨，
莫嫌应季柳条风。
西城碧浪穿流处，
两岸春来满翠红。

注：“落英洗雨”生态景观，位于西门桥至西水墩两岸的滨水绿带。

其九·芙蓉秋韵

隔河塔影欲相拥，
石柱身依绿画屏。
波涌传声间鸟语，
岸田润意驻芳踪。
初尝风抚颜还素，
几近霜来色愈浓。
若待花开十月好，
望湖门外缀娇容。

注：“芙蓉秋韵”生态景观，与无锡市文物保护单位“首藩方岳坊及锡山驿遗址”一起，同在南长桥堍，是河岸与淘沙巷间一块绿地。

芙蓉秋韵

寄韵无锡古运河

其十・妙光飞霞

千年碧水流成景，
流到城南势未衰。
听鼓闻钟禅意在，
观霞见彩妙光开。
石桥早起迎晖耀，
宝塔黄昏入影来。
不止岸边植绿树，
蜿蜒河畔众楼台。

注：“妙光飞霞”生态景观，在妙光桥东垅羊腰湾与向阳路交叉口的滨水绿带，西面向着妙光塔。

妙光桥

七律·吴寿鑫

自入羊腰湾里住，
运河卫士贯出征。
一心顾念巡河岸，
五载详察记水情。
环保当知兹事大，
荐陈岂认己言轻。
冷渎港口清波涌，
似赞德行励后生。

注：吴寿鑫是无锡的一名中学老师，自2000年8月起，连续五年，每天对古运河支流冷渎港河水水质进行观察记录，并建言治水，还教导学生参与环保，为保护古运河作贡献。

七绝·听学者讲伯渎河历史

长河润美古今颜，
纵论伯渎念祖先。
淌水滔滔无尽意，
锡城文化有渊源。

注：2019 年 12 月 19 日上午，我在无锡市图书馆听“伯渎河与中国大运河”专题讲座。

七律·“中国运河第一撬”研讨会

无锡古水索留痕，
自始延今细细寻。
润岸千秋传故事，
环城一道绕年轮。
传承必要明先后，
续脉方能适浅深。
聚向伯渎同探讨，
首掘求证物和文。

注：2019 年 12 月 28 日，无锡市吴文化研究会在梅村举办“中国运河第一撬”研讨会，专题研究伯渎河历史渊源。

七律·锡城水上巴士

运河巴士踏新潮，
客喜观光水上漂。
进退欣凭轮速转，
巡游岂赖橹轻摇。
欲寻近岸十八景，
还览横波廿四桥。
乘兴沿途说感慨，
环城入眼更妖娆。

注：2020 年 7 月 1 日，无锡古运河环城水上巴士投入试运行，为大运河文化带建设增添了新内容。

城南河湾

浣溪沙·无锡市大运河文化宣讲

众客如约乐善堂，来听水润我家乡，先生讲课语朗朗。

古镇说吴添雅韵，今人续史撰华章，运河文脉永流芳。

注：2020年下半年，每月一次，在无锡惠山古镇乐善堂，先后有6位专家学者，从多个角度阐述无锡大运河古今文化。

七律·记第二届大运河文化旅游博览会开幕

清名桥埦夜初秋，
亮丽今迷万众眸。
岸响丝竹联动舞，
河摇灯彩渐行舟。
吴歌脆嗓船头唱，
众客长街月下游。
此景着人生感慨，
千年好水韫情柔。

注：2020 年 9 月 3 日晚，第二届大运河文化旅游博览会在无锡清明桥埦景观会场隆重开幕。

运河文化创意展

临江仙·参观大运河影像艺术展

多少相机调色彩，追寻古运河容。快门来表碧波情。大观今面貌，亦使觅遗踪。

世代人家依水住，村居聚岸成城。乘风百舸四方通。欢流福久远，魅力赞无穷。

注：2020 年 12 月 16 日，在无锡市梁溪区图书馆大运河影像艺术展上，有 200 多幅展现京杭大运河水系景象的摄影作品。

七律·运河见底

吴桥附近趣闻生，
正月相传看网红。
细浪临风形若止，
浮墩向岸欲接通。
一滩累聚泥沙厚，
万众齐观兴致浓。
亲近长河存记忆，
水深水浅亦牵情。

注：2021年2月21日，农历牛年正月初十，古运河黄埠墩南对岸积泥沙成滩，因该时段水位低，原河底形成数百平方米滩地露出水面，引许多市民蜂拥而至前往观看。

七律·《中国大运河史诗图卷》

万枝妙笔录长河，
翰墨逐涛唱浩歌。
意表更朝疏水道，
情抒筑岸立城郭。
描波近垄行浇灌，
画浪逢山绕转折。
今日图呈全面貌，
信凭艺术叙沿革。

注：多名画家聚力绘制的《中国大运河史诗图卷》长135米，以艺术形式表现大运河的历史、季节和景貌，于2021年4月在中国国家博物馆展出。

《纤夫》雕塑

踏莎行·舞剧《千年运河》

赞颂长河，登台舞美，腾身跃步牵情醉。如潮乐起扣心弦，霓灯彩映垂帘纬。

演绎风云，呈形苦累，神传撬土迎流水。追思漱岸古来今，清波润意延南北。

注:《千年运河》是无锡市歌舞剧院原创的大型舞剧，剧情展现了春秋时期的吴地古国，人们奋发图强，协力开挖运河的壮美情景。

七古·寄韵无锡古运河

泰伯凿河开先例，
邗沟传承展桅帆；
五牧乡村流碧影，
向远联江贯北南。
曾经射贵湖漫漫，
百里沼塘蔓生莲；
春申治水留遗迹，
奇岛抵涌越千年。
润土浇垄民生事，
水似螭蛟须力牵；
渚圩旱涝凭疏浚，
历朝治理渐周全。
好水循堤生绿意，
入浜盈汊湿浅滩；
奔临皋桥朝城阙，

滢荧闪亮惠麓颜。
蓉湖庄外滔滔处，
龙光照耀波浪宽；
航程载运胜以往，
笛响舳舻首尾传。
渔舟撒网惊凫鸟，
系缆稍歇弄炊烟；
码头能泊工商客，
粮布钱丝运往还。
漕运经时兴衰过，
旧地今变造游园；
涛声隐隐惊台榭，
浪各东西过江尖。
熙春打牛鞭声脆，
淌水顺道羊腰湾；
静处忽闻钟鼓响，
妙光宝塔立南禅。
试泉门外筑桥早，

相衔永定河波潺；
行至窑墩祭祀庙，
抬头即望西水关。
分流但为美湖好，
梁溪着意兴波澜；
一路欢歌一路景，
仙蠡墩伴美亭轩。
抱城碧水萦绕罢，
跨塘桥下浪汇漩；
河东巷里石条路，
河西街旁镇塘庵。
清名桥墝集利市，
上河图画在坊间；
兴旺福地荣四季，
远近客来享悠闲。
晨曦岸柳梳光彩，
星夜华灯映雕栏；
梦里瑶池应同此，

人在妙境乐有缘。
东顾古渠延梅里，
灌熟荆蛮四野田；
亦街亦水伯渎港，
吴域文脉溯此源。
大窑壁上焦灰色，
灼印往日柴火燃；
工匠岂独烧砖瓦，
抗倭义勇好儿男。
风和春夏多情地，
云淡秋冬爽朗天；
鉴史牌坊翘檐角，
亲水岸阶造楼盘。
动涌欲辞城厢去，
开合闸坝宜遏湍；
长街南头路尽侧，
新老河水复聚欢。
白鹭展翅翔阔水，

清波造势显大川；
架桥如虹携通道，
高浪渡口弃渡船。
望亭久久身驻岸，
遥观苍苍是虞山；
钱塘那端临东海，
波涛不止径向前。

后记

《寄韵无锡古运河》一书共收入传统格式诗词220首，其中诗178首，词42首。我在无锡古运河两岸往返采风过程中，用手机拍了不少照片，选出80张放入书中作为插图。诗词大致按从五牧到望亭的河岸景致顺序排列，对如“古运河风光带五园”“锡城古运河八景”等有组合性的，就归类放在了一起。诗词遵《中华新韵（十四韵）》声韵而作。诗集的书名由我的妻子杨国兰题写。

真诚感谢为《寄韵无锡古运河》成书提供热心支持和帮助的各位。对无锡古运河及其两岸演进不止的景况，我深感难以认知周全，所写传统格式诗词，也是我揣摩诗词格律和尝试文字运用的学习过程，限于自己的能力和水平，免不了会有陋俗不足之处，敬请读者见谅、指正。

谢谢读者。

吴九盛

2021 年 6 月 5 日